IL DIARIO SEGRETO DI ELLIE

DI ELLIE

Ellie's My Secret Diary

Henriette Barkow & Sarah Garson

Italian translation by Patrizia Zambrin

Domenica mattina ore 7,30

Caro diario

Ho fatto un brutto sogno la notte scorsa. Stavo correndo … e correndo. C'era questa enorme tigre che mi inseguiva.

Io stavo correndo sempre più forte ma non riuscivo a sfuggirle. Si stava avvicinando quando … mi svegliai.

Presi in braccio Flo. Lei mi fa sentire al sicuro – sa cosa sta succedendo. Posso parlare con lei.

Continuo a fare brutti sogni.

Non era così prima.

Avevo un sacco di amici – come Sara e Jenny.

Sara mi ha chiesto di andare ai negozi ma …

la scuola è diventata un INFERNO da quando LEI è arrivata.

La odio odio ODIO!!!

Dear Diary

Had a bad dream last night.
I was running ... and running.
There was this huge
tiger chasing me.
I was running faster and faster but
I couldn't get away.
It was getting closer and then ...
I woke up.

I held Flo in my arms. She makes me feel safe
- she knows what's going on. I can tell her.

Keep having bad dreams.
Didn't used to be like that.
I used to have loads of friends – like Sara and Jenny.
Sara asked me to go to the shops but ...

School's been HELL
since SHE came.

I hate hate
HATE her!!!

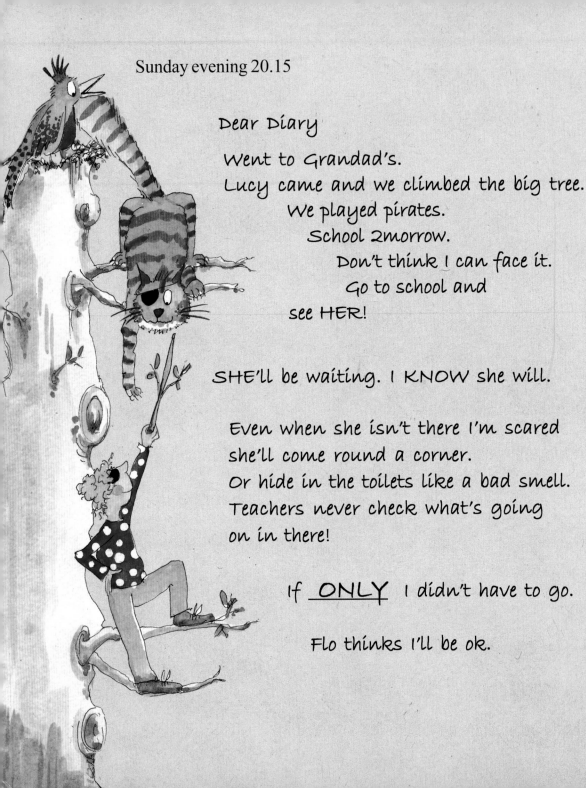

Sunday evening 20.15

Dear Diary

Went to Grandad's.
Lucy came and we climbed the big tree.
We played pirates.
School 2morrow.
Don't think I can face it.
Go to school and
see HER!

SHE'll be waiting. I KNOW she will.

Even when she isn't there I'm scared
she'll come round a corner.
Or hide in the toilets like a bad smell.
Teachers never check what's going
on in there!

If ONLY I didn't have to go.

Flo thinks I'll be ok.

Domenica sera ore 20,15

Caro diario

Sono andata dal nonno.
È venuta Lucy e ci siamo arrampicate sul
grande albero. Abbiamo giocato ai pirati.
Domani scuola. Non penso di farcela.
Andare a scuola e vedere LEI.

LEI starà aspettando. Lo SO.

Anche quando non c'è ho paura che spunti da
dietro l'angolo. O che sia nascosta nei
bagni come un cattivo odore.
Gli insegnanti non controllano
mai cosa succede là.

Se SOLO non dovessi andare.
Flo pensa che me la caverò.

Ho fatto di nuovo quel sogno.
Solo che questa volta era LEI che mi inseguiva.
Stavo cercando di scappare via ma
continuava ad avvicinarsi e la sua mano era
quasi sulla mia spalla … poi mi svegliai.
Ho la nausea ma mi sono forzata a far colazione,
così la mamma non penserà che ci sia qualcosa che
non va. Non posso dirlo alla mamma –
peggiorerebbe solo le cose. Non posso dirlo a
nessuno. Penserebbero che sono debole e io non
lo sono.

E' solo <u>quella ragazza</u> e quello
che LEI mi fa.

I had that dream again.
Only this time it was HER who was chasing
me. I was trying to run away but she kept
getting closer and her hand was just on my
shoulder ... then I woke up.

I feel sick but I made myself eat
breakfast, so mum won't
think anything's up.
Can't tell mum – it'll just
make it worse.
Can't tell anyone.
They'll think I'm soft
and I'm not.
It's just <u>that girl</u>
and what SHE does to me.

Monday evening 20.30

Dear D

SHE was there. Waiting.
Just round the corner from school where nobody could
see her. SHE grabbed my arm and twisted it behind
my back.
Said if I gave her money she wouldn't hit me.
I gave her what I had. I didn't want to be hit.
"I'll get you tomorrow!" SHE said and pushed me over
before she walked off.
It hurt like hell. She ripped my favourite trousers!

Told mum I fell over. She sewed them up.
I feel like telling Sara or Jenny but they
won't understand!!

Glad I've got you and
Flo to talk to.

Lunedì sera ore 20,30

Caro d

LEI era là. In attesa.
Proprio dietro l'angolo di scuola dove nessuno
poteva vederla. LEI mi prese il braccio e me lo
torse dietro la schiena.
Disse che se le avessi dato dei soldi non mi
avrebbe picchiata. Le diedi quello che avevo.
Non volevo essere colpita.
"Ti sistemerò domani" LEI disse
e mi spinse via prima
di andarsene.
Mi fece molto male.
Mi strappò i miei
pantaloni preferiti.

Ho detto alla mamma
che sono caduta. Lei li
ha ricuciti. Vorrei dirlo
a Sara o Jenny ma
non capirebbero.

Sono contenta di
avere te e Flo con
cui parlare.

Non riuscivo a dormire la notte scorsa.
Ero là stesa. Avevo troppa paura
per addormentarmi. Avevo troppa paura
di fare di nuovo quel sogno.
LEI mi starà aspettando.

Perché se la prende sempre con ME?
Non le ho fatto niente. Devo essermi
addormentata, perché subito dopo c'era
la mamma che mi svegliava.

Non sono riuscita a fare
colazione. L'ho data a
Sam così la mamma non
se ne sarebbe accorta.

12

Couldn't sleep last night.
Just lay there. Too scared to go to sleep.
Too scared I'd have that dream again.
SHE'll be waiting for me. Why does she always
pick on ME? I haven't done anything to her.
Must have dropped off, cos next thing
mum was waking me.

9

3

6

Couldn't eat breakfast.
Gave it to Sam so mum wouldn't notice.

Martedì sera ore 20,00

LEI mi ha seguito fuori
di scuola – grande e forte.
LEI mi ha tirato i capelli.
Mi veniva da urlare ma
non volli darle
la soddisfazione.

"Hai i miei soldi?" LEI mi sputò addosso.
Scossi la testa.
"Mi prenderò questa" LEI ringhiò, afferrando
la mia borsa di educazione fisica, "finché non
me li dai".

Mi piacerebbe dargliele! Vorrei prendere a pugni la
sua grassa faccia!
Cosa posso fare? Non posso picchiarla perché è più
grande di me.

Non posso chiedere soldi alla mamma o al papà
perché vorrebbero sapere a cosa mi servono.

Tuesday evening 20.00

SHE followed me out of school – all big and ~~tuff~~ tough.
SHE pulled my hair. Wanted to scream but I didn't want
to give her the satisfaction.
"You got my money?" SHE spat at me.
Shook my head. "I'll have this," SHE snarled, snatching
my PE bag, "til you give it to me."
I'd love to give it to her! Feel like punching her fat face!
What can I do? I can't hit her cos she's bigger than me.

I can't ask mum
or dad for the money
cos they'll want to
know what it's for.

Mercoledì mattina ore 5,30

Diario ho fatto qualcosa di brutto.

Veramente brutto!

Se la mamma lo scopre non so cosa farà.
Ma sarò davvero nei guai – di sicuro.

La notte scorsa vidi il borsellino della mamma sul tavolo. Ero da sola e così presi cinque sterline.

Li rimetterò a posto appena possibile.
Risparmierò i miei spiccioli.
Cercherò di guadagnare un po' di soldi.

Spero che la mamma non se ne accorga.

Andrebbe su tutte le furie.

Diary, I've done something bad.

Really bad!

If mum finds out I don't know what she'll do.
But I'll be in big trouble - for sure.

Last night I saw mum's purse on the table.
I was on my own and so I took £5.

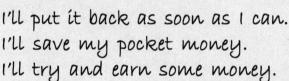

flo

I'll put it back as soon as I can.
I'll save my pocket money.
I'll try and earn some money.

Hope mum doesn't miss it.

She'll go mad!

Mercoledì sera ore 19,47

Questo è stato il giorno peggiore della mia vita!!

1) Sono stata rimproverata perché non avevo le cose per educazione fisica.
2) Non avevo fatto i compiti per casa.
3) LEI era all'uscita laterale – in attesa.
Mi torse il braccio e prese i soldi.
Buttò la mia borsa nel fango.
4) Ne vuole ancora.
Non posso procurarmene ancora ...
Ho già derubato la mamma.
Non so cosa fare.

Vorrei non essere mai nata!

Wednesday evening 19.47

Non posso crederlo.
La mamma l'ha scoperto!!

Voleva sapere se qualcuno avesse visto la sua
banconota da cinque sterline.
Tutti abbiamo detto di no.
Cos'altro potevo dire?

Mi sento male, molto male. Odio raccontare bugie.
La mamma ha detto che mi porterà lei a scuola.
Almeno sarò al sicuro fino alla fine delle lezioni.

I can't believe it.
Mum's found out!!

She wanted to know if anybody
had seen her £5 note.
We all said no.
What else could I say?

I feel bad, really bad. I hate lying.
Mum said she's taking me to school.
At least I'll be safe til home time.

On the way to school mum asked me if I took the
money.
She looked so sad.
I had thought of lying but seeing her face
I just couldn't.
I said yes and like a stupid idiot burst into tears.

Mum asked why?
And I told her about the girl and what she'd been
doing to me. I told her how scared I was.
I couldn't stop crying.
Mum held me and hugged me.

When I'd calmed down, she asked,
if there was anyone at school
I could talk to?
I shook my head.
She asked if I would
like her to talk to
my teacher.

Giovedì sera ore 18,30

Sulla strada di scuola la mamma mi ha chiesto se
avevo preso io i soldi.
Sembrava così triste.
Avevo pensato di dire una bugia ma vedendo la
sua faccia non ci riuscii. Dissi di sì e come una
semplice idiota scoppiai in lacrime.

La mamma mi chiese perché?
E io le raccontai della ragazza e di quello che mi
aveva fatto. Le dissi che avevo molta paura.
Non riuscivo a smettere di piangere.
La mamma mi strinse fra le braccia.

Quando mi fui calmata, mi chiese se
c'era qualcuno a scuola con cui
potevo parlare?
Scossi la testa.
Mi chiese se volevo che
parlasse lei con l'insegnante.

Friday morning 6.35

Dearest Diary

Still woke up real early but

I DIDN'T HAVE THAT DREAM!!

I feel a bit strange. Know she won't be in school - they suspended her for a week. What if she's outside?

My teacher said she did it to others - to Jess and Paul. I thought she'd only picked on me.

But what happens if she's there?

Venerdì mattina ore 6,35

Carissimo diario

Mi sono ancora alzata molto presto ma

NON HO FATTO QUEL SOGNO!!

Mi sento un po' strana. So che non
sarà a scuola – è stata sospesa per
una settimana. E se aspetta fuori?

La mia insegnante ha detto che l'ha
fatto ad altri – a Jess e Paul.
Pensavo che se la fosse presa solo con me.

Ma cosa succede se c'è?

Non c'era proprio!!!
Ho parlato con una gentile signora che disse che potevo
parlare con lei quando volevo. Disse che se qualcuno fa
il bullo con te dovresti provare a dirlo a qualcuno.
L'ho detto a Sara e Jenny. Sara disse che le era successo
alla scuola precedente. Non la richiesta di soldi ma
questo bambino continuava a prendersela con lei.

D'ora in poi a scuola tutti ci occuperemo degli altri, così
che nessuno più sarà intimidito. Forse andrà tutto bene.
Quando tornai a casa la mamma preparò la mia cena
preferita.

She really wasn't there!!!
I had a talk with a nice lady who said I could talk to
her at any time. She said that if anyone is bullying
you, you should try and tell somebody .
I told Sara and Jenny. Sara said it had happened to her
at her last school. Not the money bit but this boy kept
picking on her.

We're all going to look after each other at school so
that nobody else will get bullied. Maybe it'll be ok.
When I got home mum made my favourite dinner.

Sabato mattina ore 8,50

Caro diario

Niente scuola!   Niente brutti sogni!
Ho dato un'occhiata su internet e c'era un sacco
sul bullismo. Non pensavo che succedesse spesso
ma succede sempre. Perfino agli adulti e ai pesci.

Sapevi che i pesci possono morire per lo stress
da intimidazioni?

Ci sono numeri utili e
roba così – per persone,
non per pesci!!

Se solo lo avessi
saputo prima.

Saturday morning 8.50

Dear Diary
        No school!!   No bad dreams!!
Had a look on the net and there was loads about
bullying. I didn't think that it happened often but
it happens all the time! Even to grown-ups and
fishes. Did you know that fishes can die from the
stress of being bullied?
There are all kinds of helplines
and stuff like that
- for people, not fishes!!

I wish I'd known!

Sabato sera ore 21,05

Il papà mi ha portato con Sam a vedere un film.
Era molto divertente. Abbiamo riso così tanto.
Sam voleva sapere perché non gli ho detto
quello che stava succedendo.
"Le avrei spaccato la faccia!" disse.
"Così saresti diventato un bullo anche tu"
gli risposi.

Dad took me and Sam to see a film. It was really funny.
We had such a laugh.
Sam wanted to know why I never told him about what was
going on.
"I would have smashed her face!" he said.
"That would just have made you a bully too!" I told him.

What Ellie found out about bullying:

If you are bullied by anyone in any way IT IS NOT YOUR FAULT!
NOBODY DESERVES TO BE BULLIED!
NOBODY ASKS TO BE BULLIED!

There are many ways in which somebody can be bullied.
Can you name the ways in which Ellie was bullied?
Here is a list of some of the ways children are bullied:
  - being teased
  - being called names
  - getting abusive messages on your mobile phone
  - getting hate mail either on email or by letter
  - being ignored or left out
  - having rumours or lies spread about you
  - being pushed, kicked, shoved or pulled about
  - being hit or punched or hurt physically in any way
  - having your bag or other belongings taken and thrown about
  - being forced to hand over money or your belongings
  - being attacked because of your race, religion or the way you speak or dress

Ellie found that it helped to keep a diary of what was happening to her.
It's a way of keeping a record of dates and times when things occurred.
It's also a way of not bottling everything up. It is important that you try
and tell somebody what is going on.
Maybe you could try talking to a friend who you trust.
Maybe you could try talking to your mum or dad, sister or brother.
Maybe there is a teacher at school who you feel comfortable talking to.
Most schools have an anti-bullying policy and may have somebody
(like the kind lady Ellie mentions in her diary) to talk to.

Here are some of the helplines
and websites that Ellie found:

Helplines:

CHILDLINE 0800 1111

KIDSCAPE 020 7730 3300

NSPCC 0808 800 5000

Websites:

In the UK:
www.bbc.co.uk/schools/bullying
www.bullying.co.uk
www.childline.org.uk
www.dfes.gov.uk/bullying
www.kidscape.org.uk/info

In Australia & New Zealand:
www.kidshelp.com.au
www.bullyingnoway.com.au
ww.nobully.org.nz

In the USA & Canada:
www.bullying.org
www.pta.org/bullying
www.stopbullyingnow.com

If you want to read more about bullying there are many excellent books
so just check your library or any good bookshop.

Books in the *Diary Series*:
Bereavement
Bullying
Divorce
Migration

A CIP catalogue record for this book is available
from the British Library

First published 2004 by Mantra Lingua
Global House, 303 Ballards Lane
London N12 8NP
www.mantralingua.com